Ilse W. Blomberg

Es knistert im Kamin

Autorin: Ilse W. Blomberg
„Es knistert im Kamin"
Bildbearbeitung, Layout: M. Blomberg

Alle Rechte liegen bei der Autorin
Ahlen, November 2015

Herstellung und Verlag:
BoD - Books on Demand, Norderstedt
ISBN 9783738632781

Vorwort:

Liebe Leserinnen und Leser!

„Wenn die ersten Fröste knistern..." beginnt ein Gedicht von James Krüss.
Und nach der Meinung des Autors gibt es 24 Tage lang knisternde Vorfreude auf das Weihnachtsfest.

Knistern, Rascheln, Flüstern, Knacken, Geläut von Glöckchen, Singen bekannter Lieder, die unser Ohr berühren, verbinden wir auch mit weihnachtlicher Vorfreude.
Düfte, ausgehend von Kerzen, Glühwein, Anis, Zimt, Lebkuchen, Tannengrün und Mandarinen umschmeicheln unseren Geruchssinn.

Und dann die wunderbaren Lichter in dieser dunklen Zeit.
Zünden Sie doch eins an, trinken Sie einen Eggnog, das Rezept finden Sie gleich ganz vorne im Buch und lesen Sie meine Geschichten.

Ihre Ilse Blomberg   Ahlen im Advent 2015

Inhaltsverzeichnis

* * *

Eierlikör
Rezept aus Dänemark

Eggnog
opskrift fra Danmark

Für 2 bis 3 Personen brauchst du:
- ★ 2 Eier von Hühnern, die ihre Fußspuren in den Schnee setzen
- ★ 50 g Zucker
- ★ ½ Vanillestange
- ★ 150 Ml Milch von Kühen, die Schnee auf ihrem Rücken haben
- ★ 100 Ml Sahne, ebenfalls von schneebedeckten Kühen
- ★ 150 Ml Rum
- ★ 150 Ml Bourbon (Whisky)

* * *

Leg die Vanillestange in einen kleinen Kochtopf. Schütte Milch und 100 Ml Sahne darüber. Wärme alles auf, bis es dampft. Währenddessen kannst du die Eier zusammen mit dem Zucker schlagen, bis
alles eine luftige Konsistenz hat.
Wenn die Milchmischung warm ist, kannst du unter heftigem Schlagen die flüssige Mischung und die Ei/Zuckermischung in eine Schale laufen lassen.

Schütte das Ganze zurück in den Kochtopf. Erhitze alles unter ständigem Rühren.
Setze ein Bratenthermometer in die Creme und erwärme alles auf 80 °,
so gibt es keine Kuh auf dem Eis. Aber schließlich nicht höher als die 80 °, weil du keine Klumpencreme haben willst. Du bekommst sie nie mehr zurück in die gewünschte Konsistenz.
Nimm den Topf vom Herd und lasse deine Creme abkühlen. Eventuell lasse sie eine Nacht im Kühlschrank ruhen.
Wenn die Creme kalt ist, fische die Vanillestange heraus und schlage den Schaum mit einer leichten Hand. Füge dann Rum und Bourbon hinzu und bekomme alles so verteilt, dass nicht die gesamte Luft aus der Creme gequetscht wird. Gieße deinen Eierlikör in ein schönes Glas und reibe ein wenig Muskatnuss darüber.

Nun suche deine alte Bing-Crosby-Platte heraus, zieh den Pullover mit dem Rentiermuster an, schalte das elektrische Licht in warme Farben und höre danach ein wenig White Christmas. Oder liege ganz still im Winterdunkel und genieße, wie der Schnee fällt. Du entscheidest, was du willst. Aber, was auch immer.
Du bist in guter Gesellschaft mit einem Glas Eierlikör. Er ist weich, würzig, reichhaltig und intensiv.

Advent heißt Ankunft

Anna Becker hatte sich ihr Leben immer so vorgestellt:
Eine große Familie, einen großen Garten, ein großes Haus
und sie mittendrin, rundum beschäftigt, glücklich und zufrieden. Und so kam es auch.

Sie bekam Gerhard, den Mann, den sie schon immer gut
leiden konnte und sie bekam nach einem Jahr Ehe Luisa,
ihr Wunschkind. Sie bauten sich ein großes Haus und Anna
Becker hatte nun auch ihren großen Garten.

Und dann kam alles ganz anders.

Sie bekam nach Luisa keine weiteren Kinder mehr und
nach zehn Jahren Ehe entschied Gerhard sich für eine
andere Frau. Aus dieser Traum. Statt eines großen Hauses
bewohnte sie nun eine große Wohnung. Statt eines Gartens
pflegte und hegte sie nun Blumen und Pflanzen auf einem
großen Balkon.

Aber sie richtete sich ein und richtete ihr Leben nach Luisa
aus. Ihr sollte es an nichts fehlen.

Und an dem Tag, an dem Luisa ihr Studium aufnahm,
klopfte sie sich auf die Schulter und sagte:

„Gut gemacht, Anna, wenigstens das hast du geschafft".

Luisa fuhr jeden Tag zum Studienort und wohnte während
des gesamten Studiums noch bei der Mutter. Doch dann
kam Stefan in Luisas Leben. Und das war ja auch wunder-
bar und schön. Nur Stefan bekam einen Arbeitsplatz in den
USA und Luisa war gleich „Feuer und Flamme" für diesen
Kontinent. „So weit", dachte Anna, „viel zu weit! Doch so ist
es eben. Die Kinder ziehen hinaus und Luisa ist doch schon
so lange bei mir. Das hätte ja auch schon viel eher passieren
können!"

Nun waren Luisa und Stefan schon seit drei Monaten in Amerika und lebten in der großen Stadt New York. Sie telefonierten, schickten kleine Päckchen und schrieben. Anfang September kam ein besonders langer Brief. Aber nur eine einzige Mitteilung in ihm war wirklich wichtig für Anna:

Liebe Mutter, sei nicht traurig, wenn wir Weihnachten nicht nach Hause fliegen. Wir haben hier so viele nette Freunde und Bekannte. Mit einigen von ihnen wollen wir Weihnachten feiern. Wir schreiben dir das schon so früh, damit du dich einrichten kannst und vielleicht zu Tante Lisbeth fährst oder Freundinnen einlädst. Bleib' bloß nicht allein.

Die Enttäuschung war da und die Traurigkeit kam. Nach einigen Tagen aber meldete sich in ihr wieder die Anna Becker, die sich einrichtete. Nein, sie würde nicht zu Lisbeth fahren und keine Freundinnen einladen. Sie würde das schon allein packen. Als es dann im November schon recht kalt wurde und der Raureif auf den Balkonpflanzen glänzte, fing sie an vorzusorgen. Sie kaufte sich einige CD's, sie bestellte Bücher, die sie schon immer gerne lesen wollte und sie interessierte sich für dänische Stickereien. Sie fing an, alles von der positiven Seite zu sehen: „Kein Weihnachtsstress kann mir etwas anhaben. Ich bin ein ganz und gar unabhängiger Mensch."

Aber dann kam Ende November ein ganz besonderer Brief aus Amerika. Er war mit Sternchen beklebt und lustigen Santa Claus Figuren. Die Farbe des Umschlags war rot und die Adresse darauf leuchtete ihr in goldenen Buchstaben entgegen. Anna freute sich über die liebevolle Aufmachung. Dann öffnete sie den Brief.

Liebe Mutter!
Hier nur eine einzige Mitteilung.
Wir kommen doch zu Weihnachten nach Hause.
Am 24. Dezember sind wir bei dir.   Deine Luisa und
Stefan

Der Brief zitterte in ihrer Hand und die Freude ergriff ganz von ihr Besitz. Sie tanzte und sang durchs Zimmer. Dann ging sie in die Stadt und kaufte alles ein, was sie für einen Adventskalender brauchte.
Sie bastelte einen Adventskalender mit 23 Türchen. Jeden Tag würde sie ein Türchen aufmachen bis zum 23. Dezember. Aber die Tür am 24. Dezember, die Tür würde sie ihren Kindern selbst aufmachen.

Benedikt kam aus Domino

Meine Enkelinnen schellen Sturm. Ich öffne und habe sie schon erwartet. Es ist der dritte Advent. Drei Kerzen am Adventskranz machen ihre Nasenspitzen hell. Ganz allmählich dringt eine andere Helligkeit in meine adventliche Erinnerung.
Dreißig Jahre zuvor.

Da sitzen Jan, 7 Jahre alt, Hans Kristian, fast vier Jahre alt, Martin gerade 2 Jahre alt, Matthias, gut 3 Jahre alt und Kristina, 8 Jahre alt um den Adventskranz herum, schauen in die brennenden Kerzen und freuen sich an den Süßigkeiten.
Nachdem der stille Augenblick verflogen ist, beschließen Jan und Kristina, eine richtige eigene Adventsfeier zu machen. Dafür brauchen sie Nüsse, Mandarinen, Getränke, Süßes und etwas Tannengrün. So ausgerüstet, ziehen sie davon. Es geht hinein in Kristinas Zimmer. Ich höre sie flüstern und tuscheln und auch mit Papier rascheln. Dann singen alle: "Wir sagen euch an, den lieben Advent" und "Schneeflöckchen, Weißröckchen". Die Kleinen singen, so gut es geht, mit oder brummen. Zwischendurch spielt Kristina auf der Blockflöte. Die Kleineren betätigen die Holzrassel und das Xylophon.
Dann höre ich Kristinas helle Stimme: "Jetzt machen wir noch etwas anderes. Ich singe vor, ihr singt nach!"
Und sie singt: "Als ich bei meinen Schafen wacht!" Die größeren Jungen singen es ihr nach, die kleineren zeigen sich auch singwillig.

"Als ich bei meinen Schafen wacht!"
Und so geht es weiter von Zeile zu Zeile.
"Ein Engel mir die Botschaft bracht.
Des bin ich froh,
bin ich froh,
froh, froh, froh,
froh, froh, froh." Den lateinischen Schluss des ersten Verses
erspart die junge Chorleiterin dem Jungenchor auch nicht.
Sie macht aber eine Singepause und erklärt: „Jetzt kommt
Latein. Das müssen wir erst noch üben: Benedicamus
domino!" Sie spricht betont und langsam: „Be ne di ca mus
do mi no. - Hans Kristian sag das mal nach."
So aufgefordert und aufgewertet, zögert Hans Kristian nicht
und antwortet mit lauter, etwas kratziger Stimme:
"Benedikt kam aus Domino!"

Und wenn in diesem oder in den nächsten Jahren in einem
Advents- oder Weihnachtsgottesdienst dieses Lied ange-
stimmt wird, bin ich diejenige, die an einer ganz bestimm-
ten Stelle singt: „Benedikt kam aus Domino!"
Natürlich singe ich es nicht laut, denn es könnte sein, dass
sich die Erinnerung zu kratzig auf meine Stimme legt.

Eine Eibe zum Advent

Immer, wenn ich meinen Garten mit der Holzhütte betrachtete, dachte ich: „Vor der Hütte müsste eigentlich ein kleiner Baum stehen." Aber, was für einer? Ich schaute mir hier und da Bäume an, konnte mich aber für keinen entscheiden.

In meiner Unentschlossenheit wandte ich mich dann im März/April an einen Gartenbetrieb. Hier wollte ich mich fachmännisch beraten lassen. Ich musste mich aber zunächst gedulden, denn ich bekam zur Antwort: „Unser Chef hat jetzt für so etwas keine Zeit, der hat 'ne Menge auf den Friedhöfen zu tun." Das leuchtete mir ein und so ließ ich ihm seine Zeit auf den Friedhöfen bis Ende Mai. Dann entdeckte ich ihn auf dem Westfriedhof und schilderte ihm mein Problem:

„In meinem Garten da fehlt irgendwie ein Baum oder Strauch oder so. Wäre nett, wenn Sie sich das mal an Ort und Stelle ansehen und mich beraten könnten."

„Ja gut, guck ich mir an, wann sind Sie denn zu Hause?"

„Ja, eigentlich immer, wenn es sein muss!"

„Gut, ich kann aber immer nur abends, nach der Arbeit."

„Ja gut, ich bin dann da!"

„Ja, aber nicht vor sieben Uhr. Ich ruf vorher an. Sie stehen ja im Telefonbuch!"

„Ja, können wir so machen! Also, dann bis die Tage!"

„Ja, ich denk dran, bis die Tage!"

Die Tage gingen dahin im Mai, im Juni und auch im Juli. Dann Ende August, ich war gerade an der Mülltonne, kam mein Gärtner in Grün gekleidet auf dem Fahrrad angedüst und hielt neben mir.

„Nabend, Frau Blomberg!"

„Es geschehen noch Zeichen und Wunder!"

„Hatte ich nicht vergessen und heute dachte ich, fahr mal rüber. Dann will ich mir die Stelle mal angucken, wo Sie den Baum hinhaben wollen."

Wir gingen in den Garten und ich gab ihm die Stelle an.

„Ach so, dahin. Hatte ich mir ganz anders vorgestellt. Jedenfalls nicht so nah an der Hütte."

„Doch und deshalb brauche ich auch einen Fachmann, der mir sagt, was da für ein Baum gedeihen kann."

„Ach so! Ja, nicht zu groß und dann soll er wohl noch Schutz bieten und was verdecken."

„Ja, genau, so habe ich mir das gedacht."

„Vielleicht einen Immergrünen, dann haben Sie auch kein Laub. Hoher Strauch ginge auch. Koniferen gehen immer, vielleicht 'ne Eibe, ginge auch!"

„Wie wärs mit nem Ginko, den mag ich gut leiden!"

„Ach Ginko, der wird ganz schön groß und der ist auch nicht geeignet, um was zu verdecken."

„Ja, dann ein Essigbaum, der hat so schönes Laub im Herbst. Hier auf der Straße ist einer, den mag ich gern, hat so schönes rotes Laub. Gucken Sie sich den mal an."

„Das ist ja kein Essigbaum. Das ist ein Strauch und der hat jetzt schon rote Blätter, nicht erst im Herbst. Im Herbst ist da gar nichts mehr dran und der wird sehr buschig. ---- Wissen Sie was, Frau Blomberg, ich weiß ja jetzt, wo der Baum hin soll. Er soll schön grün sein, was verdecken und mittelhoch. Ich überleg mir da was. Im Moment habe ich noch keine Idee. Aber ich lass mir was einfallen."

Nach diesem Richtung weisenden Gespräch zog der September ein und an uns vorüber.

Da traf ich meinen Gärtner wieder auf dem Westfriedhof. Das heißt, ich sah ihn mehr von weitem.

Ich winkte ihm zu. Er zuckte mit den Schultern, hob seine beiden Arme in die Luft und rief laut in meine Richtung: „Mir ist noch nichts eingefallen!"

Anfang Oktober ließ ich mir an Dänemarks Küste den Herbstwind um die Nase wehen und sah im Ferienhaus die Holzscheite im Bullerofen glühen. Da wurde mir ganz winterlich, fast weihnachtlich zumute. Und aus dieser Stimmung heraus entschied ich mich für einen Nadelbaum, der sich an meine Hütte lehnt und an dem ich im Advent Lichter anbringen kann.

Eine Eibe sollte es sein, genau wie es mir mein Gärtner schon angeraten hatte.

Nun rief ich in dem Fachbetrieb an und bat um Rückruf. Natürlich rechnete ich mit dem Rückruf nicht am gleichen Tag. Als aber dann wieder ein paar Wochen vergangen waren, ging ich persönlich vorbei und sprach mit einer der Floristinnen.

„Bestellen Sie Ihrem Chef einen schönen Gruß. Ich hätte gern eine Eibe, über einen Meter hoch. Ich stelle mir das so schön vor, wenn ich im Advent die Lichtchen dranhängen kann."

„Gut, ich schreibe ihm alles auf mit Adresse und Telefonnummer."

Da weder Anruf, noch mein Gärtnermeister, noch Eibe kam, wollte ich schon mit meinem Sohn alles selber erledigen. Hätte ich ja schon längst tun können, aber irgendwie dachte ich: Fachmann ist Fachmann. Der soll das machen.

Und dann kam der 25. November. Ich fuhr einige Gärtner-
betriebe an auf der Suche nach einem geeigneten Adventskranz. Als ich auf dem Hof meiner Gärtnerei einparkte,
entdeckte ich auch den Chef des Betriebes fleißig zugange
bei unwirtlichem Wetter. Es war kalt und die ersten
Schneeflocken fielen, mehr Wasser als Schnee. Ich winkte
ihm zu und erwartete nichts, stieg aus und wollte mich
schon der Adventsausstellung zuwenden. Da hörte ich zu
meiner Überraschung:
„Frau Blomberg, diese Eibe - er hielt eine Eibe in der Hand
– die ist wohl zu klein!"
„Ja, bisschen, obwohl die wächst ja schnell!"
„Ja schon, aber ich fahre Morgen zum Großmarkt, dann
bringe ich eine größere mit. Wie groß, was meinen Sie?
Gut! Bring ich mit. Ist aber teurer als diese. Machen wir
gleich einen Termin aus?
Morgen, Freitag, 16 Uhr? Passt das?"
„Ja, ist in Ordnung!"

An diesem Freitag war ich um 18 Uhr zum Essen eingela-
den. Ich rief vorsichtshalber an, es könnte später werden.
Es wurde aber nicht später. Mein Gärtner kam schon vor 16
Uhr an, hob die Eibe vom Anhänger, stellte sie gekonnt
kraftvoll ab, grub den Boden aus, lobte die gute Muttererde
und pflanzte sie ein.

„Nein, es geschehen noch Zeichen und Wunder!", freute ich mich.

„Wieso?", entgegnete er. „Meine Leute haben mir gesagt: Sie will da Lämpkes dranhängen und da muss der Baum ja vor dem 1. Advent in die Erde."

„Ja," sagte ich, „pünktlicher konnte die Eibe gar nicht eingepflanzt werden. Genau richtig. Auf den Punkt."

Und da bestellte ich gleich den Weihnachtsbaum auch bei ihm und bat ihn, ihn mir zu bringen.

„Ja gut, mach ich!"

Nach einem möglichen Liefertermin habe ich ihn dann nicht mehr gefragt.

Wozu auch? Ich weiß ja jetzt, er wird ihn mir so pünktlich bringen, dass ich noch in aller Ruhe meine Lämpkes dranhängen kann.

Es knistert im Kamin

Es war im Dezember - Ende der 8oiger Jahre.
Schnee war nicht gefallen, aber es war wie immer um diese
Jahreszeit früh dunkel.
Außerdem war es kalt, windig, einfach ungemütlich.
Der adventlichen Gemütlichkeit begegnete man nur in den
Häusern.
Die Geschäfte waren weihnachtlich geschmückt. In Kin-
dergärten, Grundschulen und Vereinen fanden Adventsfei-
ern statt.
Auch die Kirche stellte sich auf Weihnachten ein. Und ich,
die ich mich zu der Zeit der St. Marienkirche zugehörig
fühlte, bereitete mich zusammen mit dem Kantor Hans
Deppe auf die Heilig-Abend-Messe vor. Ich spielte C- und
Altflöte und Herr Deppe begleitete an der Orgel.
An so einem kalten und windigen Tag hatten wir uns zum
Üben gegen 17 Uhr in der Kirche verabredet. Ich habe
noch den vollen schönen Klang von Orgel und Flöte im
Ohr, der durch die leere Marienkirche floss. Es klappte alles
sofort und nach einer halben Stunde meinte Hans Deppe:
„Da braucht nichts mehr geübt zu werden. Wir sehen uns
eine Stunde vor Beginn der Messe am heiligen Abend."
Nun gut. Ich hatte mich auf eine längere Übungszeit einge-
stellt und das auch so zu Hause angekündigt. So beschloss
ich, die gewonnene Zeit dazu zu benutzen, meine ehemali-
ge Nachbarin Erika zu besuchen. Sie wohnte mit ihrem
Mann zu der Zeit in einer geräumigen Wohnung über der
Gaststätte ihres Onkels „Fritz Geisthövel".
Das Gasthaus lag nur wenige Minuten von der Kirche ent-
fernt. Als ich es erreichte, schien alles dunkel zu sein.

Ein Schild mit der Aufschrift: „geschlossen" war gut zu erkennen. Auch, das sich dahinter befindende Holzbrett. Es war zusammengeleimt aus zwei oder drei Brettern und wurde Bügelbrett genannt. Nun wusste ich aber, dass Fritz Geisthövel seine westfälische Kneipe nach Belieben auf und zu machte. Und auch nach Belieben Bier zapfte oder auch nicht. „Geschlossen" bedeutete für Eingeweihte keineswegs „geschlossen". Jedenfalls nicht für richtige Poalbürger.

Da ich Erika besuchen wollte, ließ ich mich von dem abweisenden Brett samt Schild nicht abhalten. Ich schaute durch das nicht verbretterte Fenster der Eingangstür und entdeckte Onkel Fritz, Kaminfeuer und noch zwei oder drei Menschen im trüben Licht. Ich pochte an die Türscheibe. Willi Appelhoff guckte nach.
„Ich möchte Erika besuchen! Ist sie da?"
Fritz gab sicher seine Einwilligung, mir zu öffnen, denn Herr Appelhoff schloss die Tür auf. Hinter mir wieder zu. Ich ging die Treppe hoch zu Erika. Nach einem kleinen Plausch schlug ich Erika vor:
„Erika, Fritz hat den Kamin an, sollen wir uns nicht daran setzen. Ich bin ein bisschen durchgefroren. Die Kirche war nicht sehr warm. Sind auch kaum Leute da."
Wir verließen die obere Wohnung und machten es uns am warmen Kaminfeuer gemütlich. Ein gut temperierter Rotwein passte vorzüglich in diese heimelige Atmosphäre.
Jetzt entdeckte ich die Männer, die an der Theke saßen und Bier tranken. Außer Willi Appelhoff und Fritz Geisthövel waren da noch Bernhard Dierse, Bernhard Kemper und ein Mann, den ich nicht kannte.
Wir begrüßten uns erst jetzt.
Den Weg von der Spilbrinckstraße bis zur Marienkirche hatte ich zu Fuß zurückgelegt. Meine Blockflöten lagen

warm eingepackt in meinem Einkaufskorb. Unter und über
die Flötenkästen hatte ich Wolltücher gelegt. Der Korb
stand jetzt neben dem Kaminfeuer.
Das Interesse von Herrn Appelhoff war geweckt.
„Frau Blomberg, haben Sie für Weihnachten eingekauft
oder was ist das da in Ihrem Körbchen?"
„Nein, in dem Körbchen ist kein Weihnachtsgeschenk, aber
doch etwas für Weihnachten!", machte ich ihn neugierig.
„Was denn?"
„Ja, wir haben gerade für den Gottesdienst am Heiligen
Abend geübt, Herr Deppe und ich!"
„Ach, dann sind da die Blockflöten drin?"
„Ja, so ist es und die bleiben auch darin, da haben sie es ku-
schelig."

Hier war das Gespräch zunächst zu Ende. Erika und ich
sprachen miteinander und die Männer auch. Irgendwann
aber trat Stille ein. Wir fühlten uns alle wohl in der Wärme
und der Behaglichkeit der westfälischen Kneipe und
lauschten dem Knistern der Holzscheite.
Dann wandte sich Willi Appelhoff, ein guter Sänger aus
dem Männerchor „Concordia", direkt an mich:
„Frau Blomberg, wenn Sie schon mal die Flöten hier haben,
können wir doch auch Weihnachtslieder singen."
Die drei anderen Männer schienen etwas verwundert und
sagten zögerlich: „Ja, ja!"
Ich zögerte auch. Irgendwie kam mir die Situation fremdar-
tig vor. Ich fühlte mich nicht wohl bei dem Gedanken, in
einer Kneipe – auch wenn sie angesehenen westfälischen
Charakters ist – Flöte zu spielen.
Dann unterstützte Bäckermeister Bernhard Dierse den Vor-
schlag von Willi Appelhoff auch noch mit einem bedächti-
gen und freundlichen Kopfnicken!

Alle Männer, selbst Onkel Fritz guckten in meine Richtung.
Ich überwand mich, ging an meinen Korb, holte die Blockflöten samt meiner Noten heraus und stimmte das erste
Lied an: „Es kommt ein Schiff geladen." Herr Appelhoff
und der andere Mann stimmten mit ein, aber kräftig. Man
merkte, dass beide geübte Sänger waren.
Bei dem Lied:"Alle Jahre wieder" sangen alle mit. An „Oh
Tannenbaum" erinnere ich mich auch. Die erste Strophe
klappte immer.
Ich weiß nicht mehr genau, wie viele Lieder wir gesungen
haben und ich weiß auch nicht, ob Onkel Fritz mitgesun-
gen hat oder Erika. Aber es klang ganz einmalig in dem
alten Traditionsgasthaus bei Kaminfeuer und Kerzen-
schein. Kerzen hatte Onkel Fritz nämlich beigesteuert.
Nach Beendigung dieser kleinen „Adventsfeier" gab es ein
dickes Dankeschön an mich: „Nein, dass Sie das gemacht
haben." Die beiden Handwerksmeister in dem Kreis mein-
ten, einen praktischen Dank aussprechen zu müssen.
Bäcker Bernhard Dierse bot an: „Ich backe für Ihre Klasse
zu Nikolaus einen riesengroßen Stutenkerl, so groß wie ein
Tisch."
Bernhard Kemper guckte auf meine dicken Schuhe und
meinte: „Kommen Sie in meine Werkstatt. Ich fertige extra
für Sie Stiefel an."
Willi Appelhoff segnete alles mit folgenden Worten ab:
„Das gibt's auch nur bei Geisthövel."

Ich packte meine beiden Flöten wieder warm ein und begab
mich auf den Heimweg.
Ich guckte noch einmal zurück auf das kaum beleuchtete
Gasthaus mit dem Schild
„geschlossen" .

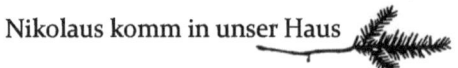

Edith und der Nikolaus

Paul-Gerhardt-Schule, Ahlen, 1. Schuljahr, Anfang der 70iger Jahre.

Da sitzt die Edith mit geschlossenen Augen und schüttelt ganz heftig den Kopf. Vor ihr sitzt Angela und redet mit Händen und Füßen, ja mit der ganzen Kraft ihres kleinen schlanken Körpers auf Edith ein. Edith presst die Lippen aufeinander, kneift die Augen immer fester zu und hört nicht auf, verneinend den Kopf zu schütteln.

So geht das eine Weile. Dann stürzt Angela auf mich zu.

"Frau Blomberg, Frau Blomberg, die Edith, die Edith, die glaubt noch an den Nikolaus!"

"Ja, ist das denn so schlimm, Angela?"

"Ja, das ist schlimm, den gibt es doch überhaupt nicht mehr. Meine Mama hat mir das erklärt, aber die Edith, die will das einfach nicht glauben."

"Ach, Angela, lass die Edith doch in Ruhe."

"Aber der Nikolaus kommt nicht mit einem Schlitten vom Himmel herunter und der kommt auch nicht durch den Schornstein. Bitte erklär ihr das doch jetzt sofort. Mir glaubt sie ja nicht."

Der Tag nach dem Verzweiflungsappell von Angela an mich ist der 6. Dezember. Auf den Schülertischen sind Kerzen angezündet. Kleine Päckchen leuchten in Gold neben den Kerzen.

Ganz andächtig und still betreten die Kinder die Klasse und setzen sich auf ihre Plätze.

Nun erzähle ich den Kindern die Legende von der wunderbaren Kornvermehrung und wie es Bischof Nikolaus gelang, eine ganze Stadt vor der Hungersnot zu retten. Ich schließe mit folgenden Worten:

Dieser liebe gute Mann, der Bischof Nikolaus, hat einmal wirklich gelebt und an einem 6. Dezember ist er gestorben. Und weil der so lieb und gut war und Menschen beschenkte, erinnern wir uns am 6. Dezember ganz besonders an ihn. Die Erwachsenen machen, was er getan hat. Sie beschenken Kinder. Sie füllen Stiefel oder Schuhe mit Süßigkeiten und packen Päckchen. So wie ich es auch getan habe. Ihr guckt ja schon dauernd auf das kleine goldene Päckchen. Packt es ruhig aus !"

Ich beobachte Edith. Es hält sie nicht mehr auf ihrem Platz. Sie kommt zu mir und sieht mich mit großen Augen an. Nicht zusammengekniffen, nicht ängstlich.

Sie strahlt mich an: "Das hast du gemacht?"

"Ja, Edith, habe ich!"

Nach Schulschluss drömmelt Edith noch lange an der Flurgarderobe herum. Ich bleibe neben ihr stehen.

"Na, Edtih, ich glaube, die Kartoffeln werden kalt, wenn Du jetzt nicht nach Hause gehst."

Da grinst Edith mich verschmitzt an, lacht laut und prustet: "Osterhasen gibt's wohl auch nicht, was?" Und dann läuft sie lachend davon.

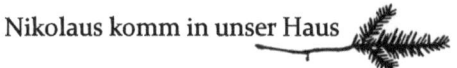

Kristian und der Nikolaus
Don-Bosco-Schule, Ahlen, 80*iger Jahre.*

Es ist der 5. Dezember. Im Religionsunterricht erzähle ich
die Legende vom Heiligen Nikolaus. Ich schließe die Legende mit den Worten:
„..und dieser liebe und gute Bischof hat einmal wirklich
gelebt."
„Aber den gibt es heute auch noch!", ruft Kristian laut in die
Klasse hinein. Ich weiß es, denn ich habe ihn ganz richtig
gesehen."
Er zögert ein wenig: „Also nicht richtig, aber eigentlich
doch richtig. Ich meine, fast richtig.
Das war so. Da wohnten wir noch nicht hier in Deutschland. Und da habe ich ihn gesehen, vielleicht auch nicht,
aber eigentlich doch. Wir wohnten in einem Haus. Und
mein Freund wohnte in dem Haus daneben. Es war morgens. Ich war im Badezimmer und wusch mir die Hände.
Da rief meine Mutter: Kristian, guck mal, ein Päckchen
vom Nikolaus!
Da lief ich ganz schnell aus dem Bad und da stand die
Haustür noch offen und da habe ich ihn gesehen, ganz
schnell war er. Und im gleichen Moment bekam mein
Freund im Nachbarhaus auch ein Päckchen vom Nikolaus,
im allergleichsten Moment. Jetzt frage ich die ganze Klasse:
Wie kann ein Mensch so schnell sein?!"

Nikolaus im Turnverein

Don-Bosco-Schule, Ahlen, 90iger Jahre.

„Frau Blomberg, Frau Blomberg. Ich bin schon so aufgeregt. Heute Nachmittag kommt der Nikolaus in unseren Turnverein. Ich freue mich so auf die Nikolaustüte. Was da wohl drin ist? Und dann der Nikolaus, wenn die Tür aufgeht. Ach, ich freu mich so!", strahlt Markus.

Sein Freund Andreas teilt die Spannung: „Ich freue mich auch schon und bin aufgeregt."

Am anderen Morgen frage ich die beiden Freunde: „Na, wie war es denn gestern in der Sportgruppe mit Nikolaus?" „Ja, gut. In der Tüte war sogar ein kleines Plüschtür drin und Nüsse und Süßigkeiten
und Mandarinen.", berichtet Markus.

„Und Nikolaus ist auch gekommen?", frage ich die beiden.

„Ja, ja, aber nicht der echte."

„Nein", wiederholt Andreas, der echte Nikolaus war es nicht."

„Wieso, nicht der echte?", forsche ich nach."

„Nein, der echte ist nämlich der Herr Bitter und der war krank."

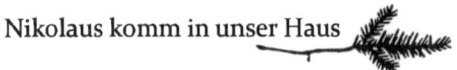

Hans Jürgen und der Nikolaus
Paul-Gerhardt-Schule, Ahlen, 1969

"Nikolaus gibt's nicht. Das kann ich euch beweisen!", teilte Hans Jürgen der Klasse mit.

"Also, wir saßen im Wohnzimmer. Mama und meine Geschwister, Papa nicht. Mama sagte: Der kommt noch. Da pochte es auch schon an der Tür und der Nikolaus kam herein. Er hatte einen roten Mantel an und eine rote Kapuze auf und an der Kapuze war weißes Fell. Dann hatte er einen Sack mit, so einen Kartoffelsack. Auf dem Kartoffelsack waren gelbe Sterne aus Goldpapier. Oben aus dem Kartoffelsack kam ein Tannenzweig heraus. In der Hand hatte der Nikolaus auch noch eine kleine goldene Schelle. Dann sagte er was und seine Stimme war ganz tief und rau, wie verstellt. Dann fragte er uns: Wart ihr denn alle lieb? Wir waren alle lieb. Dann fragte er noch: Wer kennt ein Gedicht? Dann hab ich das Gedicht: / Holler, boller Rumpelsack / aufgesagt. Keinmal vertan.

Er sagte: Hans Jürgen, komm mal her. Du darfst dir zuerst was aus dem Sack holen.

Und jetzt habe ich es nämlich gemerkt. Als ich ganz nah an Nikolaus dran war, hab ich den Tabak gerochen. Das war der Tabak, den mein Vater immer in seiner Pfeife raucht. Und am nächsten Tag habe ich das Nikolauskostüm auf dem Dachboden gesehen. Es hing auf einem Bügel. Aber gesagt habe ich nichts. Doch ich weiß es. Nikolaus machen die Väter."

Am anderen Tag kommt Hans Jürgen mit einem Schokola-
dennikolaus in der Hand auf mich zu und strahlt: „Guck
mal, den habe ich vom Nikolaus bekommen!"
„Vom Nikolaus, Hans Jürgen? Du sagtest doch, den gibt es
nicht. Das machen die Väter."
„Ja, ja klar, aber vor Hill, auf der Oststraße, da war der
echte."

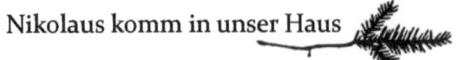

Nikolaus komm in unser Haus

Briefe an den Nikolaus!

Augustin- Wibbelt-Schule, Vorhelm, 1. Schuljahr

Liba Nikolaus
Ich hofe dir gets gut
sint deine Rentire
gut forbereitet
ich freue mich

Liba Nikolaus
ich
würde
mich
freuen
dich
mal
sprechen
zu
dürfen

Lieber Nikolaus
ich bin froh das es dich gipt
ich möchte auch das du
imer bleibst und ich möchte auch das du imer gesunt bleibst

Lieber Nikolaus
seibeiunswillkommen

Lieber Nikolaus
wo wonst du
wi brinkst du die Rentire zumfligen

Lieber Nikolaus
Ich wünsche mir was zuspielen
Ich bin auch brav.
Bis bald.

Lieber Nikolaus

Am 6. Dezember kommst du wieder zu den Kindern.
Auch zu mir?
Bring mir bitte keine Rute.
Bring mir lieber Süssigkeiten.

Hallo Nikolaus
ich wünsche mir
2 Spiele, 1 Ball, 1 Buch, Lego

Nikolaus
opesdichgiptodaopesdichnichgpt schreibe
(Ob es dich gibt oder ob es dich nicht gibt, schreibe)

Lieber Nikolaus
ich wünsche mir gans vile SCHOKOLADE

Lieber Nikolaus
Bring mir bitte viele kleine Sachen

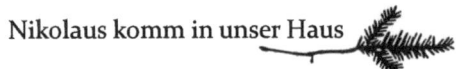

Meinungen von Grundschülern
6 bis 8 Jahre alt.

* Nikolaus gibt's. Bringt ja die Geschenke!

* Nikolaus gibt es.
  Voriges Jahr wohnten wir noch in Ahlen und jetzt wohnen
  wir in Vorhelm. Und trotzdem hat mir Nikolaus etwas ge-
  bracht.

* Nikolaus gibt es nicht. Meine Mutter hat mir das erklärt
  und meine Mutter hat mich noch nie belogen.

* Meine Mutter will, dass ich noch an den Nikolaus glaube.
  Ich tu ihr den Gefallen, jedenfalls noch dieses Jahr.

* Eigentlich glaube ich nicht mehr an den Nikolaus, aber so
  um den 5. und 6. Dezember herum, denke ich: „Warum
  eigentlich nicht?"

* Meine Mutter sagt: „Nikolaus gibt es."
  Eigentlich denke ich: „Das kann doch gar nicht wahr sein.
  Aber, wenn dann am 6. Dezember morgens ein Stiefel mit
  Süßigkeiten vor meiner Kinderzimmertür steht und auch
  im Schuh was ist,
  dann weiß ich nicht so richtig, was ist."

* Meine Mutter sagt: „Nikolaus gibt es nicht. Ich lasse sie in
  dem Glauben!"

Kein Weihnachten ohne Socken oder Ohne Socken kein Weihnachten

Es gibt Leute, die machen sich schon am Heiligen Abend Gedanken über Geschenke für den nächsten Heiligen Abend und haben im Sommer schon alle Weihnachtsgeschenke zusammen.

Es gibt Leute, die bespitzeln ihre Familien und schreiben bis zum Herbst heimlich die irgendwann im Laufe der Zeit geäußerten Wünsche auf. Sie haben dann noch genügend Zeit, um alles in Ruhe und rechtzeitig zu besorgen. Aber es gibt auch Leute, die besorgen ihre Geschenke erst am Heiligen Abend. Aus welchen Gründen auch immer. Mein Cousin Manfred Blomberg erzählte, dass er noch 5 Minuten vor Geschäftsschluss am Heiligen Abend zwei Fernsehgeräte verkauft hat.

Andreas Schulze Henne verspürte auch erst am Heiligen Abend den Drang, seiner Frau eine Schallplatte zu kaufen, die sie gerne hören würde. Das ist nun schon so um die 40 Jahre her. Die Geschäfte schlossen damals am 24. Dezember um 12 Uhr. So flitzte er 5 Minuten vor 12 ins Radio- und Fernsehgeschäft Dr. Wilhelm Franz auf der Nordstraße und äußerte seinen Wunsch. Dass er weder den Titel noch den Interpreten der gewünschten Platte kannte, machte nur ihm Sorgen. Nicht so dem gewieften Verkäufer. Der hatte nämlich die Hoffnung, dass Andreas wenigstens einige Töne des Musikstückes singen konnte. Das konnte er tatsächlich und der Verkäufer wusste schon beim ersten Ton, dass es sich um den Sänger Lobo handelte und konnte ihm helfen.

Bei mir ist das so. Meine erwachsenen Kinder leben nicht mehr zu Hause. So mit Beginn der dunklen Abende flattern ihre Wünsche ins Haus. Früher per Post oder Telefon. Heute per E-Mail.

Dann schaue ich mir ihre Wunschlisten an und treffe meine Entscheidung. Und unabhängig von dem, was sich meine Kinder wünschen, sorge ich immer dafür, dass etwas Nützliches dabei ist.

Das kenne ich noch aus meiner Kindheit. Neben den Spielsachen lag immer ein Nachthemd von Tante Maria genäht und auch Bettschühchen von meiner Mutter gestrickt.

Und so bekommen meine Jungen jedes Jahr zu Weihnachten mindestens zwei Paar Socken und drei Boxershorts. Ich würde auch einen Schlips dazulegen, wenn sie ihn tragen würden.

Im vorigen Jahr bekam ich von meiner Tochter Kristina und meinem Sohn Martin die bewährten Wunschlisten. Mein Sohn Hans Kristian aber rief mich an und machte mir folgende Mitteilung:

"Mama, ich brauche dir gar keine Wunschliste zu schicken. Ich wünsche mir nur eines: Etwas Phantasievolles, Witziges, etwas, das in meine Wohnung passt und edel ist."

Da überdachte ich doch meine Schenkpraxis. War denn in den letzten Jahren etwas Witziges, Phantasievolles und Edles dabei gewesen? Hatte mein Junge immer auf etwas gewartet, das jedenfalls von meiner Seite nie angekommen war?

Also keine Socken, keine Boxershorts!
Etwas Phantasievolles, Witziges und Edles!

In diesem Jahr wollte ich es richtig machen und sein Herz berühren.

Als mir trotz langem Nachdenkens nichts einfiel, auf das alle diese Attribute zutrafen, fuhr ich über Land zu Werner Wichmann, genannt Olli, Chef der Wohnkugel in Sendenhorst. Olli sollte mir helfen, das richtige Geschenk zu finden.

Nachdem ich ihm den Geschenkwunsch meines Sohnes mitgeteilt hatte, sagte er:

„Da haben wir bestimmt etwas, da werden wir etwas finden. Komm mal mit!"

Ich folgte ihm durch sein wunderschönes Geschäft und musste wirklich staunen. Alles, was er mir vorschlug, gefiel mir. Aber gefiel es auch meinem Sohn?

Doch dann sah ich es. Und alle Eigenschaften passten auf diesen Artikel. Phantasievoll, witzig und edel.

Es war eine Kugelbahn.

Die Kugelbahn besteht aus zwei nicht ganz nebeneinander stehenden Plexiglasscheiben, zwischen die man oben ein bis fünf Murmeln einlegt. Diese bewegen sich dann im Zick-Zack-Kurs nach unten. Das Interessante daran ist, dass die Murmel zwischen den Plexiglasscheiben eine Linie verfolgt, die auf den Scheiben nicht markiert und also nicht erkennbar ist.

Das war es.

Ich dankte für die perfekte Beratung und freute mich schon auf das Gesicht meines Sohnes am Heiligen Abend.

Und es war der Volltreffer. Mein Sohn riss die Augen auf und freute sich. Genau wie damals als Kind über das Piratenschiff von Lego und den Vogel Piepsi. Er bedankte sich überschwänglich.

Nachdem die Bescherung vorbei und auch der Magen zu seinem Recht gekommen war, setzte ich mich mit einem Glas Rotwein an den Kamin und war so richtig zufrieden. Hans Kristian aber schlich noch um die Geschenke herum. Hier und da entfaltete er das schon zusammengelegte Einpackpapier. Ich sah ihm dabei zu.

„Suchst du noch etwas, Junge?", fragte ich ihn.

Mein Junge setzte sich mit einer Flasche Bier in der Hand neben mich und antwortete: „Ja Mama, ich suche noch etwas. Wo sind denn die Socken?"

„Welche Socken, Krischi?"

„Ja, du schenkst mir doch jedes Jahr zu Weihnachten Socken, Mama."

„Sicher, sonst schon, aber ich dachte, das wäre zu phantasielos und nicht witzig."

„Mama, aber ohne Socken kein Weihnachten!"

Ohne Socken kein Weihnachten?

Genauso wäre es mir damals auch gegangen, wenn unter dem Weihnachtsbaum nicht das Nachthemd von Tante Maria und die Bettschühchen von meiner Mutter gelegen hätten.

Ohne Socken kein Weihnachten.

Und da wusste ich einmal mehr, was mein großer erwachsener Sohn, heute zu Hause in der Großstadt, in der Welt der Medien, vor allem zu Weihnachten braucht. Etwas, worauf er sich verlassen kann.

Socken.

Und ich schwöre: solange ich lebe, bekommt er seine Weihnachtssocken von mir.

Jörg und die Gitarre
Paul-Gerhardt-Schule, Ahlen, 1970

Kinder in der Grundschule singen sehr gern. Und wenn
dann die Lehrerin oder der Lehrer noch ein Instrument
spielt, ist das eine richtig gute Sache.
Ja, ich spielte Gitarre und schleppte die Gitarre überall mit
mir herum.
Sie wurde von uns allen sehr geschätzt und war so unent-
behrlich wie der Tisch und der Stuhl.
Doch trotz dieser Wertschätzung ließen wir sie eines Morgens von der Fensterbank fallen. Mit einem lauten Ge-
räusch schlug sie auf dem harten Klassenboden auf. Als
ich sie aufhob, musste ich feststellen, dass ihr Resonanz-
körper einen Spalt aufwies.
Jeder Versuch, ihr schöne Töne zu entlocken, misslang.
Für Schüler und Lehrerin bedeutete das, dass wir Lieder
ohne Gitarrenbegleitung singen mussten und das klang
nicht so schön wie sonst.
Dieser Gitarrenunfall ereignete sich kurz vor Weihnachten.

Alle Kinder waren erfüllt von Weihnachten.
Ach, was sie sich alles wünschten und wie sie hofften, dass
ihre Wünsche in Erfüllung gingen.
Kleine und große Wünsche.
Frank wünschte sich zum Beispiel ein eigenes, richtiges
Pferd.
"Also, ich wünsche mir ein eigenes Pferd. Ich will es auch
pflegen und Futter holen und alles, alles mach ich dann,
wenn ich nur das Pferd kriege. Habe ich meiner Mutter
schon gesagt. Nur das Pferd. Es kann auch kleiner sein,
nicht so groß, aber ein Pferd."

Da staunte die Klasse nicht schlecht, dass sich ihr Mitschüler ein eigenes Pferd wünschen durfte.

Da fragte Silke mich: "Was wünschst du dir denn? Ach, ich weiß schon, du wünschst dir sicher eine neue Gitarre."

Ich hatte jedoch die Gitarre nicht auf meine Wunschliste gesetzt und sagte den Kindern:

"Also, damit ihr nicht enttäuscht seid. Nach Weihnachten wird es keine neue Gitarre geben."

"Wer weiß, wer weiß", tat da Jörg ganz geheimnisvoll. Wenig später gab er mir einen Zettel. Auf dem stand zu lesen: rate fenkt mit G an kanns drauf spiln.

Und zur Erklärung sagte er noch: "Bring ich nach den Weihnachtsferien mit."

Ich schaute ihn erstaunt an und sah in entschlossene ernste Kinderaugen.

"Nein, nein Jörg, das sollst du nicht tun. Ganz bestimmt nicht. Das musst du mir versprechen."

"Wer weiß, wer weiß", flüsterte er nur.

Natürlich nahm ich die Sache nicht ernst, aber manchmal kam mir schon der Gedanke, er könne seine Eltern damit quälen.

Doch zunächst einmal kamen die Weihnachtsferien und natürlich auch ihr Ende.

Am ersten Schulmorgen nach den Ferien wartete Jörg schon am Schultor auf mich. Er musste früh aufgestanden sein.

"Guten Morgen, Frau Blomberg! Ich war heimlich in der Klasse drin. Da haste jetzt 'ne Überraschung liegen. Fängt mit G an." Seine Augen blitzten und er zwinkerte mir mit breitem Lachen zu.

Mir aber schoss durch den Kopf: Wie soll ich mit solch einem Geschenk umgehen? Ich konnte es unmöglich behalten.

"Ja, dann geh mal mit in die Klasse. Willst du?", fragte ich ihn.

"Ja, möchte ich."

Wir gingen beide ins Schulgebäude hinein. Jörg hüpfte und eilte vor mir her. Vor der geschlossenen Klassentür blieb er stehen und wartete auf mich. Dann machte er die Tür vorsichtig auf und wir betraten den Raum.

Ich knipste das Licht an und schaute auf meinen Lehrertisch.

Und da lag sie. Sie lag auf einem Tannenzweig, eine wunderschöne Gitarre aus Schokolade.

Ein ganz besonderer Mensch
Diesterwegschule, Ahlen , 1953/54

Der Schulalltag mit unserer Lehrerin Fräulein Elfriede
Schulte war sicher nicht langweilig. Aber ihre Betulichkeit
mit den Blumen, ihre Angst vor einer Thrombose im rechten Arm, ihre Kreidestaubempfindlichkeit und ihre Vorlie-
be für saubere Bilder ließen ihr wenig Raum für einen ver-
ständnisvollen Umgang mit den ihr anvertrauten Kindern.
Deshalb erschien es mir wie ein Geschenk des Himmels, als
sie eines Tages einen jungen Mann mit in unsere Klasse
brachte und ihn mit folgenden Worten vorstellte:
„Das ist Herr Kühn. Herr Kühn bleibt für einige Wochen bei
uns, denn er will nach seinem Studium auch Lehrer
werden."
Auf einen solchen Lehrer hatten wir schon lange gewartet.
Er hatte leicht welliges blondes Haar. Er trug eine dunkle
Hornbrille und hatte die freundlichsten blauen Augen der
Welt. Seine Stimme war sanft.
Für jeden von uns hatte er einen Blick. Jeden schaute er an,
als wir ihm unsere Namen sagen durften. Und er lächelte
dabei.
Dieser engelhaft anmutige Mensch verzauberte auch unsere
Lehrerin. Ich hörte sie in der Zeit seines Daseins niemals
mehr schimpfen und zürnen. Nein, sie war wie ausgewech-
selt und nannte mich scherzend „Ilschen". Das aber machte
auf mich keinen Eindruck. Und das war auch gut so, wie
folgende Geschichte zeigt:
Im Kunstunterricht, in dem Herr Kühn hospitierte, sollten
wir wieder einmal mit Wasserfarben malen. Es gab das
Thema: „Segelschiffchen auf dem Wasser!"

Dieses Mal wollte ich alles ganz richtig machen. Naturgetreu! Ich malte einen braunen Segelschiffsrumpf, braune Masten und weiße Segel. Die Segel hoben sich weiß von dem blauen Himmel ab. Das Wasser malte ich etwas dunkler blau. Alles fein. Nicht zerlaufen. Ich war richtig zufrieden mit meiner Arbeit und hoffte auf ein dickes Lob, sowohl von Fräulein Schulte als auch von Herrn Kühn. Jetzt lenkte Fräulein Schulte ihren Schritt in meine Richtung. Ich wartete gespannt. Tatsächlich, sie kam zu mir. Als sie an meinem Platz stand, stand ich auf. Nun winkte sie Herrn Kühn zu sich. Sie sagte: „Schauen Sie mal, Herr Kühn. Genau so traurig wie sie ist, so malt sie auch."
Das traf mich. Ich traurig? Selber empfand ich mich nicht so. Aber jetzt war ich es und musste ordentlich schlucken. Ausgerechnet im Beisein von Herrn Kühn musste sie so etwas sagen.

Herr Kühn aber machte etwas ganz Unerwartetes, etwas ganz Wunderbares. Er lachte mich an, umarmte mich und schaute unserer Lehrerin fest in die Augen, als er sagte: „Bei mir ist sie nie traurig!"
Und mir war es so, als ob der Stern von Bethlehem aufgegangen war. So hell war es plötzlich in der Klasse.

Stern von Bethlehem

In einer Geschichte aus Norwegen, die uns Marie Hamsun
erzählt, läuft ein 7jähriger Junge dem Weihnachtsstern hinterher. Seine Mutter war gestorben und er verbringt Weihnachten bei Verwandten, die ihn nicht behalten können.
Als er von draußen Feuerholz holen soll, schaut er zum
Himmel und entdeckt einen großen hellen Stern. Er kann
den Blick nicht wenden. Er ist überzeugt, den Stern von
Bethlehem erschaut zu haben. Und ihm will er folgen. Er
vergisst seine Situation, er vergisst die Menschen in dem
Haus, lässt das Feuerholz fallen und läuft den Kopf im
Nacken dem Stern hinterher. Plötzlich erkennt er, dass er
sich irrt. Die Wolken sind gewandert und nicht der große
helle Stern. Aber nun ist er schon so weit gelaufen, dass er
nicht mehr umkehren kann.
Müde, erschöpft, hungrig und frierend klopft er an einem
kleinen Haus an, aus dessen Fenstern Licht scheint. Und
mitten in der Heiligen Nacht sind da zwei Menschen, die
bereit sind, dieses Kind zu schützen und es für immer bei
sich zu behalten. Und so geschieht es auch. Und als sie
sicher sind, dass sie dem Jungen Eltern sein dürfen, fragen
sie sich, ob es nicht doch der Weihnachtsstern war, der den
Jungen zu ihnen geführt hat.
Von je her üben Sterne eine große Faszination auf uns Menschen aus.Sie sind für uns Orientierungshilfe, Wegweiser,
Naturschauspiel, Himmelsereignis.

Matthias Claudius lässt die Sternseherin Lise sagen:

> ... und funkeln alle weit und breit
> und funkeln rein und schön.
> Ich seh' die große Herrlichkeit
> und kann nicht satt mich sehn.....

Der Stern von Bethlehem ist mehr als ein Naturschauspiel.
Er ist Hoffnung und Sehnsucht zugleich. Sehnsucht nach
etwas Neuem, nach etwas Großem, nach einem angekün-
digten König, dem Kind in der Krippe.
Machen wir uns auf den Weg zu dem Ort der Sehnsucht,
da, wo Himmel und Erde sich nahe kommen. Dahin, wo
der Stern in unseren Augen aufleuchtet, sodass wir selbst
zu segensreichen Lichtern werden.

Guter Engel, komm zu mir, bring zu mir die Weihnachtsfreude

Notfall!
Enge Situation in der Klinik.
Eventuell auf dem Flur schlafen?
Es wird ein Dreibettzimmer.
Ich werde gegen Mitternacht zwischen zwei Seniorinnen geschoben.
Sie schlafen den Schlaf des Gerechten mit ruhigen, gleichmäßigen Atemzügen. Keine wacht auf.
Ihre Atemzüge lassen auch mich in das Reich der Träume sinken.
Träume ich?

„Schwester, Schwester, Schwester!
 Martha, Martha, Martha!
Mia, Mia, Mia!
Hallo? Hallo? Hallo?
Monika komm da runter, is zu hoch!
Krisse bei Liddl auch nich billiger.
Liddia, Liddia, Liddia.
Setz dich.
Rühr um, fix, rum damit.
Was soll das denn?
Umrühren! Rein damit, ruckzuck!
Hallo, hallo, hallo!
Komm, wir rufen alle, dann kommen sie!
Hallo, hallo, hallo!
Schwester, Schwester, Schwester!
Martha, Martha, Martha, Martha, Martha!
Sag Liddia Bescheid. Soll auch kommen.

Kaffee fertig!
Schön so unterhalten.
Ja, plapper man alles nach.
Schön so nachplappern.
Schwester, Schwester, Schwester, Schwester!
Martha, Martha, Martha, Martha!
Mia kann auch kommen.
Hallo, hallo, hallo, hallo!
Was soll das denn?
Platz genug.
Kanns aufe Bank gehn.
Schwester, Schwester, Schwester!
Martha, Mia, Mia!
Monika, komm nach unten bei Elle.

Ich träume nicht. Meine Bettnachbarin auch nicht. Ihre
Augen sind geöffnet.
Sie blickt hinein in eine Welt ohne Trennwände.
Kein gestern, kein heute.
Sie ruft ihre Menschen. Die, der diesseitigen und die, der
jenseitigen Welt.
Sie rechnet mit ihnen:
Kaffee ist fertig. Platz ist genug da.
Monika, komm nach unten bei Elle.
Ich seh sie alle vor mir, die sie ruft.
Und wünsche ihr, dass sie kommen mögen.
Und dass Monika sich an ihren Tisch setzt, die Linien auf
ihrer Wange streichelt und sagt:
Elle, gieß Kaffee in Pott, is ja Weihnachten. Dann plappern
wir zusammen!

Vorsätze zum Jahresbeginn

Mein Neffe Manni, der hätte es im Sommer fast geschafft.
Das mit dem Rauchen nämlich. Besser gesagt, das mit der
Abgewöhnung des Rauchens.
Und das hatte nichts mit dem Druck aus dem familiären
Umfeld zu tun.
Nichts mit der kalten Luft auf Terrassen und Balkonen.
Nichts mit der spitzen Bemerkung seiner Freundin: „Kuss
ohne Nachgeschmack, das wärs mal." Nein, er wollte es
selbst und sagte zu sich mit fester Stimme: „Ich rauche
nicht mehr."
Und eigentlich hätte er schon im Sommer daran festgehal-
ten, wenn ihm nicht sein bester Freund Berni zwei Stangen
Zigaretten von irgendeinem Butterschiff oder aus Helgo-
land oder von irgendeinem Flughafen mitgebracht hätte.

Aber jetzt zum Jahreswechsel, da wollte er seinen Ent-
schluss in die Tat umsetzen. Endlich. Er war so weit. Es war
so weit.
In der Sylvesternacht im Beisein seiner besten Freunde
wollte er es öffentlich machen.
„Ich, Manni", wollte er sagen, „nehme mir fest vor, ab dem 1.
Januar des neuen Jahres nicht mehr zu rauchen."
Nein, er würde es kürzer sagen, bestimmter, überzeugen-
der, fester:
„Ich, Manni, werde ab dem 1. Januar keine Zigarette mehr
anfassen."

Ja, so würde er es sagen und die Halsschmerzen, die er seit einigen Tagen verspürte, hatten absolut keinen Einfluss auf seinen Vorsatz. Nein, er wollte es ja sowieso, schon seit letztem Sommer, wenn das nicht mit dem Berni dazwischen gekommen wäre.

Und nun war der Augenblick gekommen.
Sylvesternacht – Nacht der Vorsätze!
Seine Freunde und er standen mit einem Glas Sekt in der Hand im Kreis zusammen.
Jeder musste seinen Vorsatz nennen.
So hatten sie es immer gehalten.
So war es auch in dieser Sylvesternacht.
Melanie fing an: „Ich nehme mir vor, im neuen Jahr regelmäßig schwimmen zu gehen."
Steffi machte weiter: „Ich werde meine Englischkenntnisse in der VHS aufbessern und erweitern."
Dann kam Peter dran: „Ich nehme mir vor, im neuen Jahr mehr Wasser als Bier zu trinken."
Und Berni gelobte: „Ich werde so weit wie möglich, auf öffentliche Verkehrsmittel umsteigen."

Ja, und jetzt war Manni an der Reihe. Die Freunde schauten ihn an. Und er war bereit. Gerade wollte er seinen großen Vorsatz mit fester Stimme aussprechen:
„Ich, Manni, werde ....", da merkte er, dass sich seine Halsschmerzen unglücklicherweise auf seine Stimmbänder gelegt hatten. Er bekam keinen Ton heraus. Er war stockheiser. Ja und flüstern wollte er einen so großen Vorsatz nicht.

Er wickelte sich zur Entschuldigung einen dicken Schal um den Hals, deutete mit dem Zeigefinger in Richtung Stimmbänder und hielt den Mund geschlossen.

Still und nachdenklich ließ er den prickelnden Sekt durch seine Kehle rinnen. Und in der Stille des Nachdenkens überkam ihn die Erkenntnis:

Was in dieser Sylvesternacht nicht gesagt wurde, war nicht aufgehoben, sondern nur aufgeschoben, konnte ja noch in der kommenden gesagt werden.

Geburtstag im Kölner Dom

Es war ein Sonntag im Januar des Jahres 2003, mein Geburtstag.

Die Krankheit meiner Tochter lastete schwer auf meinen Schultern.

In so einem Zustand beschloss ich, meinen Geburtstag nicht zu feiern.

Was tun?

Zu Hause bleiben wäre keine Lösung. Telefon und Hausklingel öffneten im wahrsten Sinne des Wortes die Tür zu mir. Und gerade das wollte ich nicht.

So beschloss ich, wegzufahren – meinen Geburtstag zu ignorieren, jedenfalls in diesem Jahr.

Nur Carla, meine Freundin nahm ich mit.

Ich hatte den Tag total durchgeplant.

Zugfahrt nach Köln.

Messe im Kölner Dom.

Mittagessen im Rosendorn.

Krippenweg zu verschiedenen Kirchen.

Tasse Schokolade im Schokoladenmuseum und wieder nach Hause.

Dieser Sonntag im Januar war besonders kalt und wurde nicht von Schneeregen verschont.

Man hätte nicht fahren sollen. Wir fuhren.

Köln – grau in grau, wenig Menschen um den Dom herum.

Kapuze auf, am besten noch den Schirm dazu, dicker Schal um den Hals.

Wir eilten in den Dom, um an der letzten Morgenmesse teilzunehmen.

Im Dom war es nicht wärmer als draußen und der freundliche alte Dompropst empfing uns mit folgender Aussicht: „Ich mache die Predigt heute etwas kürzer, denn ich möchte Sie nicht so lange der Kälte aussetzen."

Uns so freundlich zugewandt, las er den Tauftext aus Matthäus 3,

wo es in Vers 17 heißt: „Und eine Stimme aus dem Himmel sprach: Das ist mein geliebter Sohn, an dem ich Gefallen gefunden habe." Wenig später predigte er zu dem Text.

Ich saß da mit meinen hängenden Schultern, sah in das gütige, freundliche Gesicht des Predigers und hörte ihm zu. Und plötzlich hatte ich den Eindruck, er würde mich anschauen und seinen Blick in meine Augen senken, als er sagte:

„Gott spricht das auch Dir zu:

Du bist meine geliebte Tochter, an der ich Wohlgefallen habe!"

Ich hatte Geburtstag.

Der Blasiussegen

"Durch die Bitte des Heiligen Bischofs und Märtyrers Blasius befreie dich Gott von jedem Halsleiden......."

Es war in diesem Winter, dem Winter von 2007 auf 2008. Er war ohne nennenswerten Schneefall und zeichnete sich auch nicht durch Eiseskälte aus. Er machte sich auf andere Art und Weise bemerkbar. Die Menschen liefen mit Erkältungen herum, husteten und schnieften oder lagen sogar krank im Bett. Dieser Winter ging auch an mir nicht vorüber und sprang mir in den Hals. Die Halsentzündung blieb mir trotz Antibiotika lange treu, so etwa vier Wochen. Als ich sie endlich auf der rechten Halsseite los war, fing sie auf der linken Seite wieder an. Und als ich den Hals nach weiteren zwei Wochen endlich frei hatte, war ich so erschöpft, dass ich dachte, nur noch ein Kuraufenthalt könne mir helfen. Als es mir aber wieder besser ging, so Ende Januar, verwarf ich alle Kurgedanken und besann mich auf meine Selbstheilungskräfte. Bewegung ,Vitamine, frische Luft, ausgewogene Ernährung würden mir schon helfen, nicht noch einmal so halskrank zu werden.

Dann las ich in der Kirchenzeitung vom 3. Februar unter Pfarrnachrichten: "Am Samstag und Sonntag besteht nach den heiligen Messen die Möglichkeit, den Blasiussegen zu empfangen."

Der Blasiussegen! Ja, natürlich. Den brauchte ich auch noch. Ja, der war sogar der Allerwichtigste. Von dem heiligen Blasius ist uns überliefert, dass er im Gefängnis, so um 315/16 Wunder tat. Dort brachte ihm eines Tages ein Gefängniswärter sein Kind. Das Kind, ein Junge, war bereits blau-schwarz angelaufen und drohte zu ersticken. Blasius griff mit seiner Hand geschickt dem Jungen tief in den Hals und zog eine Fischgräte heraus. Eine andere Überlieferung sagt, dass Blasius das nicht mit der Hand, sondern allein durch die Kraft seines Gebetes getan hat. Wie auch immer. Er ist unser Patron für Halsangelegenheiten. Und der gläubige Katholik ist manchmal richtig hin und hergerissen, wenn er sich entscheiden muss, wen er bei Halsschmerzen zuerst anrufen soll: Den Hals-Nasen-Ohren-Arzt oder den Heiligen Blasius.

Mir wies der Hinweis in der Kirchenzeitung den richtigen Weg. Ich musste den Blasiussegen bekommen, rein prophylaktisch, denn Halsschmerzen hatte ich ja nicht mehr, aber sie konnten ja wiederkommen. Also beschloss ich, am Sonnabend, dem 2. Februar 2008 in die 17 Uhr Messe nach St. Elisabeth zu gehen. Aber als es dann so weit war, dachte ich: "Ach was, geh mal lieber ganz früh am Sonntag in die Krankenhauskapelle zu Pater Hermann Josef."
Als ich am Sonntag mit einem Becher Kaffe ganz gemütlich in meinem Ohrensessel saß, war es 8.15 Uhr. Da dachte ich: "Ach, was willst Du am frühen Morgen schon eilen. 9.00 Uhr ist viel zu früh. Geh mal nach St. Pankratius in Vorhelm. Den Pastor Honermann hast du auch lange nicht gesehen. Und die fangen erst um 10.00 Uhr an." Als es 9.00 Uhr war, las ich vorsichtshalber in der Kirchenzeitung unter "Vorhelm St. Pankratius", nach, ob die Messe wirklich um

10 Uhr beginnt. Da musste ich dann erfahren, dass ich mich irrte. Sie begann um 9.30 Uhr. Das würde ich nicht mehr schaffen.

"Nun", dachte ich, "das ist auch nicht schlimm, geh mal um 11.00 Uhr nach St. Elisabeth, da predigt vielleicht die Pastoralreferentin Heintraud Schmelting!"

Nun guckte ich aber vorsichtshalber auch unter St. Elisabeth nach. Da stand: "Gottesdienst mit "Nord/West/Humor". Der Gottesdienst begann bereits um 10.30 Uhr.

Das hätte ich natürlich noch geschafft. Aber nach einem Karnevalsgottesdienst war mir heute nicht zu Mute.

Da dachte ich: "Jetzt mach mal ganz gemütlich weiter. Es bleiben Dir noch drei Messen. Um 11 Uhr kannst du nach St. Ludgeri gehen. Da predigt der Willi (Willi Stroband). Da kannst du noch ein gutes Werk tun, denn Willi und die Jugendlichen sammeln Geld für den Weltjugendtag in Australien. Dann spendest du etwas."

Jetzt fing ich wieder an in der Kirchenzeitung hin und herzublättern und musste entdecken, dass ich schon wieder falsch lag. Willi und seine ganze Australiensache war um 11 Uhr schon fast zu Ende.

Auch das war nicht so schlimm. Es blieben mir immerhin noch zwei Messen. Also noch zweimal die Gelegenheit, den Blasiussegen zu empfangen, der mir ja so wichtig war: Um 11.00 Uhr in der St. Bartholomäuskirche und um 11.15 Uhr in der Kapelle des Elisabeth-Tombrock-Hauses.

Ich entschied mich fürs Elisabeth-Tombrock-Haus und beschloss, den Weg zu Fuß zu gehen. Es war ein schöner sonniger Sonntag. Den Weg ging ich gern, aber er war doch länger als ich dachte und so kam ich ziemlich pünktlich im Elisabeth-Tombrock-Haus an. Die Tür der Kapelle stand

allerdings noch offen und heraus eilte nicht Herr Coerdt
von St. Bartholomäus, der sonst treu die Gottesdienste be-
gleitet und dem jeweiligen Pfarrer zur Seite steht, sondern
der Herr Krahnenfeld, den ich aus der St. Marienpfarre
kannte. Das wunderte mich schon ein bisschen, doch ich
dachte, warum sollen die sich nicht aushelfen. Als ich die
Kapelle betrat, spielte Herr Huster schon das erste Lied an.
Die Gemeinde sang verhalten und leise mit. Mir fiel auf,
dass sowohl auf der Empore als auch im Kapellenraum
nicht so viele Leute saßen wie sonst. Also konnte der
Gesang auch nicht so kräftig sein. Aber das war eigentlich
nicht weiter schlimm, denn der Herr Pfarrer Kargus sang
mit seinem begnadeten Bariton so wunderschön und laut,
dass der heilige Blasius in seinem Gefängnis die helle
Freude daran gehabt hätte, wenn es dann im Jahre 316 gewesen wäre. Wir aber schrieben das Jahr 2008 und das
Sonntagsevangelium handelte vom alten Simeon, von dem
uns Lukas im zweiten Kapitel erzählt.
Pfarrer Kargus legte dann das Evangelium aus und bezog
uns Gottesdienstbesucher sensibel mit ein. Man merkte, er
hatte ein Herz für die Bewohner des Seniorenheimes.
Nachdem die Messe sich dem Ende näherte und alles, was
zu einer Messe gehört, getan war, wartete ich doch unge-
duldig auf meinen Blasiussegen. Und ich wartete darauf,
dass Herr Pastor Kargus die extra für diesen Segen gestalte-
te Blasiuskerze in die Hand nimmt und uns segnet. Oder,
wenn diese nicht vorhanden war, zwei Kerzen in die linke
Hand nimmt und sie in der Form eines Andreaskreuzes
über uns hält und die Segensworte spricht.
Aber er nahm keine der möglichen Kerzen in die Hand,
weder in die linke, noch in die rechte, sondern wandte sich
uns mit folgenden Worten zu:

"Ich bedanke mich ganz herzlich bei Herrn Krahnenfeld. Herr Krahnenfeld hat heute Herrn Coerdt vertreten. Herr Coerdt ist leider erkrankt und deshalb haben wir nun ein Problem, das eigentlich kein Problem ist. Nur --- ich kann Ihnen heute den Blasiussegen nicht erteilen. Wir haben nicht die entsprechenden Kerzen. Aber das ist wirklich nicht schlimm. Ich spende den Blasiussegen am nächsten Sonntag. Und da wirkt der genauso. Und wenn ich es genau betrachte und positiv sehe, dann werden am nächsten Sonntag noch viel mehr den Blasiussegen empfangen können. Denn durch den Norovirus, der viele Bewohner noch schwach sein lässt, sind heute viele Plätze in der Kapelle leer geblieben."

Mir allerdings fiel der Unterkiefer runter. Kein Blasiussegen?

Ich wusste nämlich genau, dass am nächsten Sonntag mein Platz links an der Heizung neben Frau Bröckelmann bestimmt leer bleiben würde. Für den Sonntag hatte ich schon andere Pläne und heute Abend war ich auch verhindert, um in die Abendmesse zu gehen.

So bekam ich also am 3.Februar des Jahres 2008, dem Tag nach Mariä Lichtmess, keinen Blasiussegen. Und ich hörte nicht die wunderbaren Segensworte:

"Durch die Fürbitte des Heiligen Bischofs und Märtyrers Blasius befreie dich Gott von jedem Halsleiden und jedem anderen Leid."

Vielleicht habe ich im nächsten Jahr mehr Glück, denn an mir hat es ja nicht gelegen. Oder?

Der Friedensgruß

1981

„Mit mir nicht! Was weiß ich, wer neben mir steht und wenn ich es weiß, dann weiß ich nicht, was oder wen der vorher angepackt hat. Und außerdem jedem würde ich auch nicht die Hand geben."

Der Vater eines Kommunionkindes hielt mit seiner Meinung nicht hinterm Berg. Andere hielten sich eher dahinter, äußerten aber auch ihre Verunsicherung.

Was hatte den Mann veranlasst, entschieden zu sagen: „Mit mir nicht!"? Worum ging es ihm und worin waren andere verunsichert?

Es ging darum, dass das „Der Friede des Herrn sei allezeit bei Euch" nicht mehr nur verbal „und mit Deinem Geiste" beantwortet werden sollte, sondern auch mit einem Zeichen. Im wahrsten Sinne des Wortes mit einem Handzeichen.

„Gebt Euch ein Zeichen des Friedens und der Versöhnung!"
„Und wenn einer meine Hand nicht nimmt?"
„Vielleicht will ich und der andere nicht!"
„Und wenn der andere krank ist, mich ansteckt?"
„Dazu kann mich ja wohl keiner zwingen!"
„Ich würde lieber ganz ungestört in meiner Bank sitzen!"
„Händeschütteln!?"
„Wer hat sich das denn wieder ausgedacht?"
„Sicher die jungen Kapläne!"
„Ob das auch im Sinne von Pastor Hövels ist?"
„Neukram!"

Aber so ein Neukram ist dieser Friedensgruß mit Hände-
druck nicht. In den urchristlichen Gemeinden war es
durchaus üblich, diesen Gruß jeder Person zukommen zu
lassen, mit der man in Kontakt trat, sei es im Gottesdienst
oder im Alltag. „Friede sei mit Dir!" „Shalom!" Es war auch
durchaus üblich, sich beim Friedensgruß zu küssen oder
zu umarmen.
Im Laufe der Jahrhunderte wurde der Friedensgruß jedoch
immer mehr aus dem Alltag verdrängt und hat heute seinen
Platz lediglich in liturgischen Handlungen.
Das zweite vatikanische Konzil (1962 bis 1965) knüpfte an
die Friedensgrußpraxis der Urchristen an. Es entschied,
dass der Friedensgruß unter den Gemeindemitgliedern
ausgetauscht wird, indem sie einander die Hand reichen.
Wenn man bedenkt, dass Rom schon seit 1965 die Hand
nach Ahlen ausstreckte, muss man sich doch wundern,
dass die Hand ausgestreckt blieb, bevor sie in den achtziger
Jahren angenommen wurde.
Angenommen?
Hier in Ahlen, in Westfalen ?
Es hat gedauert und dauert ja immer noch.
Doch dann kam Bewegung in die Über-, bzw. Umsetzung
des Wunsches von Rom.

1999

Ein großer Befürworter von „Gebt euch ein Zeichen des
Friedens" kam in unser kleines Städtchen und mit ihm
Fortschritt auf diesem Gebiet.
Anno 1999 entklomm ein junger Priester seinem Auto,
parkte es hintern Bahnhof, durchschritt die dunkle Bahn-
hofsstätte, roch Zeche und sah erst einmal mehr grau als
hell.
Kannte er aus Gelsenkirchen auch.

Er lenkte seinen Fuß Richtung Bartholomäuskirche, kam an der Marienkirche vorbei, sah gebrochenes Licht durch bunte Kirchenfenster glänzen, kämmte sich im Vorübergehen die vom Wind zersausten langen Haare, blieb, wurde unser Pastor Willi Stroband und wirkte.

Er fühlte sich dem franziskanischen Erbe verpflichtet, liebte alle Menschen und lebte ihnen vor, dass der Nächste immer der ist, dem man gerade begegnet. Und dass der Einzelne im Gottesdienst eingewoben ist als Bruder oder Schwester unter Brüdern und Schwestern. Er lebte ihnen vor, dass der Frieden durch Handgebung diese geschwisterliche Verbundenheit glaubhaft macht. Er diskutierte nicht, er übte nicht, er machte ganz einfach. Und siehe da, es klappte mit der Handreichung beim Friedensgruß und mit der Händekette beim VaterUnser. Diese über Jahre vertraut gewordene Praxis in den Gottesdiensten von Willi (Brüder und Schwestern kennen kein „Sie") erfuhr 2009 eine große Bedrohung. Eine epedemieartige Krankheit, die sogenannte Schweinegrippe, hielt Einzug in Deutschland.

2009

In den Schulen wurde den Kindern beigebracht, wie sie in die Armbeuge hinein husten oder niesen sollten und wie sie ganz besonders gründlich die Hände waschen müssten, um Ansteckung zu vermeiden. Erwachsene liefen sogar mit Mundschutz durch die Straßen. Vor allen Formen von Körperkontakt wurde gewarnt.

Und unser Bruder Willi mit seiner Aufforderung: „Gebt euch ein Zeichen des Friedens?", wie verhielt er sich? Verzichtete er auf dieses äußerliche Zeichen bei der Eucharistiefeier? Sagte er: „Wir unterbrechen in Zeiten der Schweinegrippe das Ritual der Handreichung?"

Unterbrach er die Händeketten beim VaterUnserGebet ?

Hörte er auf durch die Kirchenbänke zu gehen, um den
Menschen den Friedensgruß zu bringen?
Folgte er den Empfehlungen der Bischöfe: Keine Kelch-
kommunion, keine Berührung beim Friedensgruß?
Wie verhielt er sich?
Er verhielt sich in dieser kranken Zeit nicht anders als in der
gesunden Zeit. Er lud wie immer zum Friedensgruß durch
Handgebung ein. Er ging wie immer durch die Kirchenbänke und gab vielen die Hand und er teilte wie immer mit
dieser viel genutzten Hand die Kommunion aus.
Was machte ihn so sicher, dass allzu große Vorsicht über-
trieben sei?
Sicher nicht die Überzeugung, dass der Kirchenraum in
jeder Gefahr ein Schutzraum ist. Und sicher auch nicht die
Überzeugung, dass der Weihrauchduft Bazillen und Viren
fernhält.
Nein, er hielt es genau mit dem vatikanischen Konzil von
1962 - 65. Die Handreichung soll dem Gegenüber zeigen,
dass alles Trennende in den Hintergrund treten muss.
Die Schweinegrippe war ja wohl ein trennendes Faktum
und das musste jetzt in den Hintergrund treten.
Und so haben wir uns und ihm weiterhin die Hand gegeben
und uns /Gott sei's gedankt/ nur vom Friedensgedanken
anstecken lassen.

2012

Die Zeit der Schweinegrippe ist vorbei.
Die Zeit der Diskussionen ist vorbei. Man hat seinen Standpunkt.
Und ein Standpunkt war in der letzten Messe mein brüder-
licher Nachbar.

Konnte ganz gut beten: „VaterUnser!", zügig und kräftig.
Konnte auch gut mitsingen: „Herr, gib uns Deinen Frieden!", warmer Bariton. Konnte auch gut zuhören: „Der Friede des Herrn sei allezeit bei Euch!" und antworten: „und mit deinem Geiste!"
Und ich erinnerte mich an einen Gottesdienst im Kloster Notre-Dame-du-Bec in der Normandie, wie Bewegung in die Gemeinde kam und alle mit heiteren, fröhlichen Gesichtern durch die ganze Kirche gingen, um sich gegenseitig den Frieden zu wünschen und uns Gäste des Klosters ganz selbstverständlich mit einbezogen.
In Erinnerung daran und mit freundlichen Gedanken gegen jedermann, wollte ich der Aufforderung unseres Priesters: „Gebt einander ein Zeichen des Friedens!" gerne Folge leisten.
Ich wandte mich meinem Nachbarn zu, um ihm in geschwisterlicher Absicht die Hand zu reichen. Aber er stand bewegungslos da, starrte geradeaus und signalisierte mit seiner ganzen Gestalt: „Mit mir nicht!"
Mit mir nicht? Immer noch?
Mit mir doch! Immer noch!

Was bleibt

Sie stand neben mir bei den Äpfeln. Ich suchte mir gerade ein paar saftige, knackige Elster aus.
Als ich die Äpfel in den Einkaufswagen legte, hörte ich ihre Stimme an meiner linken Seite: „Das hätte mein Mann nie gemacht!"
Ich schaute sie an. Sie suchte in meinen Augen Bestätigung, bevor sie ihren Blick an mir vorbei in eine ganz bestimmte Richtung lenkte.

Hier saßen sie. Ich kannte die Scene. Bei Edeka treffen sich regelmäßig fünf oder sechs Männer. Besetzen die Stühle rechts neben der Backtheke, um einen Cappuccino zu trinken und sich zu unterhalten, warum auch nicht.
„Das hätte mein Mann nie gemacht! Sich in die Ecke mit Männern setzen, als ob sie kein Zuhause hätten. Mein Mann war immer zu Hause. Der ging nicht in Kneipen. Der war gern zu Hause. Wir waren immer zusammen. Geschämt hätte der sich, hier zu sitzen!"

Sie stand neben mir, klein, feines zartes Gesicht, und ich konnte mir hinter ihren Worten gut vorstellen, wer ihr Mann war. Korrekt, das Essen pünktlich auf dem Tisch, nur im Garten eine Zigarre, saubere Beete, verlässlich. Sie hätte ihn länger gebraucht, ihren Mann. Ja, sie hätte ihn gerne jetzt noch bei sich gehabt.
„Das hätte mein Mann nie gemacht!" Missbilligung lag in ihrem Blick, als sie noch einmal in die Richtung der Cappuccino trinkenden Männer blickte. „Nein, er nicht!"

Das Ganze erinnerte mich an eine andere Begegnung. Ein anderer Ort, eine andere Person. Wir standen nebeneinander am Palmsonntag im kalten Pfarrhof. Unser Pastor wollte mit Worten und Animation Kälte wegzaubern. Und so forderte er die Menschen auf: „Rückt doch näher zusammen. Kuschelt Euch!"

Da sagte die alte Dame an meiner Seite: „Mein Mann ist schon 25 Jahre tot!"

Und auch hier entstand in mir aufgrund dieser Aussage, ein Bild ihres verstorbenen Mannes.

Ein zärtlicher Mensch, einer der sie immer wieder gerne in den Arm genommen hat und mit ihr durchs Zimmer getanzt ist.

„Mein Mann ist schon 25 Jahre tot!" Sie hatte feuchte Augen und ein Lächeln im Gesicht.

Als meine Freundin Marianne mit ihrer Mutter über den Westfriedhof ging, blieb sie am Grab ihres Vaters stehen und sagte: „Mutter, hier liegt dein Mann und mein Vater!"

„Ach", sagte ihre Mutter. „So was! Das hat mir doch keiner gesagt!"

Ihr Gedächtnis ließ sie seit langem im Stich und in diesem Moment verband sie nichts mit dem Namen auf dem Grabstein. Keine Erinnerung, keine Nähe.

Ein anderes Mal aber blieb sie länger stehen, betrachtete den in den Grabstein eingelassenen Namen ihres verstorbenen Mannes und sagte:

„Marianne, den kenn ich. Der war immer gut zu mir!"

Wünschen wir uns gegenseitig, dass wir so in Erinnerung bleiben:

„Diesen Menschen kenne ich, er war immer gut zu mir!"